그러니 너무 걱정하지 마

방황하는 청년에게 건네는 고민 치유 시집

박정근 시집

그러니 너무 걱정하지 마

방황하는 청년에게 건네는 고민 치유 시집

박정근 시집

서문 - 아픔이 건네준 날개들에 대하여

 나는 '초롱이'라는 이름을 지닌 앵무새와 살고 있다. 시골에서 홀로 지내시는 장인어른의 위로가 되어주다가 추위를 피해 아내의 품으로 파고들어 그대로 우리 집까지 오게 되었다.

 초롱이는 분양 카페에서 깃을 잘렸다. 인간과 살기 위한 숙명이었다. 날지 못하는 새…. 나는 초롱이가 본성을 잃어버린 안쓰러운 생명이라 여겨 한동안 녀석을 슬픔으로 대하였다. 그러나 아니었다. 초롱이는 늘 열려 있는 새장을 제 침대로 쓰면서 온 집안을 "다다다닥" 뛰어다니고, 가구들 위를 자유롭게 올라다니고, 곳곳에 배설물을 내질러 놓으며 거침없이 살고 있다. 비상할 순 없지만 날개를 곧잘 써서 근거리를 이동하고 편히 낙하한다. 내 동선을 파악하여 앞장서 내달리는가 하면 내가 밥을 먹을 때나 소파에 누워있을 때는 마치 어미에게 안긴 새끼처럼 착악 달라붙어 있다. 내 배 위에 올라탄 초롱이를 어루만지면 녀석은 눈을 지그시 감은 채 세상 어디에도 없을 황홀한 표정으로 제 삶을 즐기곤 한다.

 그랬다. 하늘을 잃고 깃을 잘린 새였건만 초롱이는 여전히 생명으로서 신성함을 간직하고 있었고, 날마다 경이롭게 진화하였다. 날지 못하는 아픔 속에서도 그렇게 날개를 펴 자유롭게 살며 사랑하고 있었다.

산다는 것은 때때로 깃을 잘리는 일이다. 나도 그렇고, 많은 이들이 지금도 아픔에 베인 채 낫지 않은 상처를 간직하며 살고 있다. 그러나 우리가 삶에 경외감을 느끼는 것은 그 아픔들이 늘 새로운 날개를 건네주기 때문이다. 마치 초롱이의 그것처럼.

시집 〈그러니 너무 걱정하지 마〉는 내가 건네받은, 그래서 그대에게 건네주고 싶은 새로운 날개들에 관한 이야기다.

박 정 근

목 차

너와 함께 저녁을 먹을거야

난 말이야
쪽팔릴때가 많아

참 별거 없어
공부는 한다고 해도 나아지지 않아
내가 해야 할 일도
내가 할 수 있는 일도
내 맘에 드는건 사실 없지
내가 하고 싶은 일 조차도
따지고 보면 진심인가 싶어지지

나도 알아
행복한 애들이 많아보여도
더 들여다보면 거기서 거기거든
그저 뭐 행복한 척 하는 거지

근데 있잖아
이것만은 진실이거든

난 너와 함께 저녁을 먹고 싶어
너는 내가 유일하게 사랑하는 존재거든
아, 물론 아빠엄마도 사랑하지
그치만 그건 또 다른거잖아

난 외롭거든
네가 내게 따스한 눈길 한번 보내준다면
난 파란 하늘도 되고 떠오르는 태양도 될 수 있거든

내게 생의 마지막 시간이 주어진다면
난 너와 함께 저녁을 먹을거야
너만 있으면 모든게 아름다울 것 같아

오늘도 난 학원에서 편의점 햄버거를 먹으며
책 귀퉁이에 하나의 희망을 별표로 표시하지
난
너와 함께 저녁을 먹을거야
나를 지탱해 준 생의 존재와.

너무 걱정하지 마

삶이 계획대로 굴러가지 않듯이
인생은 네 걱정대로 나쁘게 흘러가지도 않아
네가 걱정하고 불안해하는 미래는
실은 대부분 오지 않으며,
설령 온다고 하더라도 그때가 되면
또 알아서 지나가는 거야
그러니 너를 무장시키지 않아도 돼
네게 빈틈이 있어도 아무렇지 않아
가끔은 오늘 할 일을 내일로 미뤄도 상관없어
지치면 때때로 게으르게 지내도 좋아
괜찮아
살아갈 날들이 모두 올곧고 빛날 순 없는 거야

그러니 너무 걱정하지 마
괜찮아.

당신 자신이 되시기를

당신은 무척 힘들게 살아요
타인의 시선과 평가에 너무 연연해해요
그러려고 세상에 태어난 게 아닌데

꽃이 누구의 시선 때문에 피는 건 아니죠
바람이 누구의 평가 때문에 부는 건 아니죠

날아가는 새는 칭찬을 필요로 하지 않아요
흘러가는 구름은 인정받기를 원하지 않아요

고개를 숙이며 걸어가는 당신의 눈엔
타인으로 인한 고뇌가 가득해요
그저 눈을 들어 하늘을 보면
노을이 저렇게 찬연한데

많은 이들이 타인의 의도대로 살아갈지라도
당신은 그저
당신 자신이 되시기를.

네 인생이다

비교하지 마라
네 인생이다

그저 그렇게 생겼다고
몸매가 볼 게 없다고
키가 크지 않다고
돈이 많지 않다고
이름난 아파트에서 살지 못한다고
아빠의 직업이 내세울 게 못된다고

비교하지 마라
네 인생이다

달빛의 떨림을 알아볼 줄 알고
꽃비의 춤사위를 즐길 줄 알고
가로등 불빛에 어린 가족의 얼굴을 그릴 줄 알고
친구의 눈빛에 담긴 그리움을 만질 줄 아는

누구와도 다른
네 인생이다

고통은 고통이기에 고통이듯
더 큰 고통이란 따로 없는 것이고
행복은 행복하기에 행복인 것일 뿐
아주 작은 행복이어야 할 이유 없으니

비교하지 마라
네 인생이다
누가 가는 길이 화려해 보일지라도
멱살 잡혀 그 길로 끌려가지 마라
노예의 길을 가지 마라
주인의 길을 걸어라
누구와도 다른 네 길을 가라

네 인생이다.

시詩 코멘트

요즘 10대-30대가 즐겨 하는 SNS 순위 1위가 유튜브, 2위가 틱톡, 3위가 인스타그램이라고 합니다.

SNS의 문제점 중 하나는 자신과 타인을 늘 비교하게 만든다는 것인데요. 비교는 자연스럽고, 사람의 성장과 발전에 동력으로 작용하기도 하지만 상대적 열등감과 상대적 우월감을 키워 정신적 고통을 안겨주기도 합니다.

비교로 인해 주체적인 삶의 태도를 잃어가는 청춘들이 늘어나고 있어 안타깝습니다.

우리 청춘들이 비교에 굴복당하지 말고, 존재 자체로 가장 소중한 '자기 자신'을 지켜 나갔으면 좋겠습니다.

위대한 사람

그는 한결같이 평범하였다

어렸을 적 위인전을 읽으며
위대한 사람이 되어야 한다는
강박속에 있을때

그는 나에게로 와 말하였다

위대하지 않아도 괜찮아
평범해도 돼
라고

그리하여 나는
화려한 꽃이 필 때마다
땅속에 존재를 깊이 감춘
뿌리를 볼 수 있게 되었다

모든 위대한 꽃들을 키워낸 것은

평범한 뿌리였다

위대한 인물 모두는
평범한 사람들이 만들어 낸
창조물이었다

그는 꽃과 열매를 창조하기 위해
대지에 씨앗을 심는 사람이었다
스스로 뿌리가 된 사람이었다

나도 그처럼 뿌리가 되었다
위대한 꽃이 아닌,
한결같이 평범한.

멋지게 산다는 것

그것은 군림하지 않는 것
사람의 무릎을 꺾지 않는 것
꽃들의 순수를 베어내지 않는 것

그것은 복종하지 않는 것
영혼의 무릎을 꿇지 않는 것
발밑에 머리를 조아리지 않는 것

멋지게 산다는 것, 그것은
무식한 자에게 힘을 주지 않는 것
잔혹한 자에게 칼을 주지 않는 것
사악한 자에게 부를 주지 않는 것

그렇게 살기 위해
스스로
늘
깨어있는 것.

휘어진 길

직선의 길을 쉬이 살아가는 사람이
휘어지고 굽은 길의 아름다움을 알 수 있을까

직선을 바른 길이라 믿으며
곡선을 그른 것이라 여기는 이들이
휘어져 출렁이는 파도의 노래를 들을 수 있을까

정류장에서 버스를 기다리는 동안
향기같은 바람이 그대를 스쳐 지나갈 때
그대의 머릿결은 곡선으로 춤추고

봄꽃 저문 벤치에 고요히 앉아
내년 봄의 화사함을 미리 들여다보는
그대의 눈망울도 곡선으로 빛나느니

반듯한 길만 따라 앞만 보며 걷는 사람이
과연 알 수 있을까
휘어진 길 위에 선 그대만이

저녁 하늘 물들이며 날아오르는 새들의 날개를
온전히 볼 수 있다는 것을.

그런 날들도 있다

꽃을 보아도 슬픈 날이 있다
꽃이 활짝 피어서 더 슬픈 날이 있다
꽃과 마주칠까봐 집 밖으로 나가지 못하는 날이 있다

그런 날

고양이의 하품에도 가슴 시리는 날
커튼을 파고드는 햇살에 가슴이 베이는 날
뛰어노는 아이들 소리에 가슴이 눈물짓는 날
영원도 순간 속에서만 제 삶을 이어가는데
순간들이 하염없이 생명을 잃고 저물어 가는 날들
겨울나무의 앙상한 가지에도
새봄이 깃들어 신록으로 우거진다는 것을
나 또한 모르지 않으니,
누군가의 위로도 소용 없고
조언 따윈 방바닥에 내팽겨지는
그런 날들

그저
숨을 쉬며 살아만 있을 뿐인
그런 날들이 있다

그런 날들도 있다.

정답

시에 정답이 따로 있겠는가
시를 읽은 각자의 마음이 정답인 것을

"나는 이렇게 생각해"라고 말하지 않는 사람들
"네 생각은 그렇구나"라며 들을 줄 모르는 사람들
"네 생각은 틀렸어"라고 거만하게 떠드는 사람들
인생을 한 문장으로 정리해 버리는 사람들

인생에 정답이 따로 있겠는가
삶에 정해진 길이 어디 있겠는가
각자가 살며 겪고 배워가고 느끼는 모든 것들이
자기 생의 정답이 되는 것을

정답의 탈을 뒤집어쓴 야수들이
우리 각자의 정답에 칼을 꽂을지라도
묵묵히 내 정답대로 살아가는
하루, 또 하루의
축복.

시詩 코멘트

'학생' 신분으로 사는 청춘들에게 '좋은 성적', '좋은 대학', '좋은 스펙', '좋은 직장'은 싫든 좋든 삶의 정답이 되어버린 듯합니다. 시대가 강요하는 강력한 이데올로기니까요.

정답을 맞혀 바라는 바를 이룬 이들에겐 존중과 축하의 마음을 갖습니다. 그들 부모의 수고도 함께 고려합니다. 그러나 전체 '학생'들 중 이 결과물을 만들 수 있는 사람은 10% 이내에 불과합니다.

제 시선은 언제나 정답의 과녁을 비껴간 절대다수 청춘들을 향합니다. 그들이 살아온 시간에 경의를 표하며, 그들이 살아갈 시간 들에 축복의 기도를 올립니다.

과녁을 뚫지 못한 우리의 '학생'들을 위하여! 빗나가 오히려 자유로운 우리의 청춘들을 위하여!

고통의 '어떤'의미

엄마를 산고의 고통으로 몰아넣고
출생하였으니
그대 생의 고통은 필연입니다

다만 고통 속에서도
그대가 누군가를 미소 짓게 할 때,
촛불 하나로 방안을 밝히듯
그대의 기도로 누군가의 어둠을 밝게 할 때

그때
행복이 살며시 찾아와
그대 고통의 어깨 위에 손을 얹는 것입니다.

야간 자율학습을 앞두고

공부는 을이다
너희들이 갑이다
공부를 위한 삶 대신
삶을 위한 공부를 택하고
아이들은 기꺼이
등나무 벤치에 앉을 줄 안다
벤치에 푸릇푸릇 모여 앉아
아이들이 싱그러운 미소를 휘날릴 때
등꽃 향기는 노을을 향해 흘러간다
오늘 밤 아이들이 넘어지지 말라고
하느님은 기꺼이
잠든 별들을 어루만져
화사한 등꽃불을 밝혀 주실 것이다.

작은 산을 오르며

반듯한 책걸상에 앉아
반듯한 지식들을 배우며
반듯한 존재를 강요당하는
교실의 아이들을 떠올린다

산에 있는 존재들은 반듯해도
휘어도 굽어도 이름 없어도
모두가 비교 없이 귀하기만 한데

산에 올라 반듯한 나무만을 찾는 것은
벌목공만의 마음일 터
새소리
바람의 너울
길에 스미는 햇살까지,
반듯하고 휘어지고 구부러진 나무들과
꽃들과 풀들과 곤충들과
더불어 하나이되
각자가 최고의 존재인 산

비교할 필요 없고
비교라는 게 아무런 쓸모없는
이 작은 산에서는
저기 저 큰 산도
"애, 넌 큰 녀석이구나"하며
그저 스쳐갈 뿐이다.

꼰대들에게

친한 척 하지 마라
네 수업은 최악이다
나는 너에게 제자라는 액세서리로 남기 싫다

고고한 척 하지 마라
학점 가지고 장난이나 치는 주제에
네 자식들하고 밥이나 같이 처먹어라

그냥 네 집으로 꺼져라
퇴근 후에 겨우 너 따위와 술 마시고 싶진 않다
그 더러운 얼굴은 근무시간에만 스치자

너의 경험으로 나를 세뇌하려 들지 마라
너만 힘들었겠냐, 나는 지금도 힘들다
가르치려 하지 말고 대화할 생각을 해라
내 귀는 너의 입 고문을 견뎌 줄 아량이 없다

어린 사람들에게도 좀 배워라
이 꼰대새끼들아.

그저 쉬고 싶다

그 길의 끝이 아직 보이지 않아도
플라타너스 그늘에 앉아
가지 위에서 노래하는 새 소리 들으며
그저 쉬고 싶다

너에게로 가는 길
가야 하고, 반드시 만나야 하는 일일지라도
길 위의 노을 속에 누워
붉은 하늘을 유영하는 구름떼 바라보며
그저 쉬고 싶다

쉼 없이는 너에게 다다를 수 없는 길
쉬어야만 비로소 끝에 이르는 길

지친 나를 위해
계절이 바뀌기 전이라도
덕지덕지 매어 있는 단추들 다 풀어헤치고

그저 쉬고 싶다.

출근 버스 안에서

무엇을 위해 버스는 달리는걸까

만원 버스에 서서 탄 채
두 손으로 손잡이 두 개를 움켜쥐고
이리저리 흔들리고 있노라면
정거장마다 사람들이 내려 제 갈길을 간다

학생들은 내려 등교를 하고
직장인들은 내려 출근길에 오르고
환자들은 내려 병원으로 향하고
상인들은 내려 점포로 가고
등산객들은 내려 산을 쳐다본다

삶이란 살아간다는 것이며
살아간다는 것은 어딘가로 향한다는 것

종점에서 내릴 버스 기사는
달콤한 휴식을 위해

커피자판기를 향해갈 것이고

잠시 멈추어 선 버스는
어딘가로 향할 제 삶을 위해
다시 길 위로 오를 것이다.

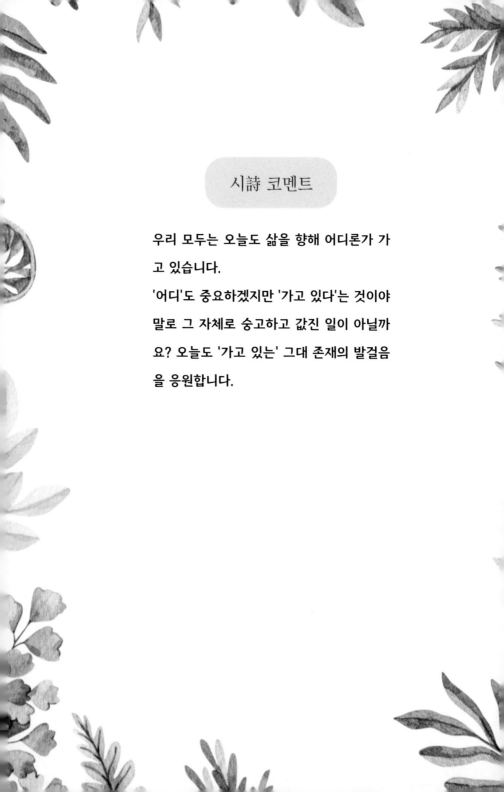

시詩 코멘트

우리 모두는 오늘도 삶을 향해 어디론가 가고 있습니다.
'어디'도 중요하겠지만 '가고 있다'는 것이야말로 그 자체로 숭고하고 값진 일이 아닐까요? 오늘도 '가고 있는' 그대 존재의 발걸음을 응원합니다.

관형어를 가르치다가

관형어는 명사를 꾸민다 하여
명사의 부속물로 취급받는다
명사의 성질을 선명하게 드러내는 관형어가
왜 주성분이 아닌 부속성분이란 말인가
신비로운 새벽에서 "신비로운"을 우습게 여기면
명사인 "새벽"엔 생명력이 사라져버린다
찬란한 인생에서 "찬란한"이 격하되면
당신의 "인생"이 주인공이라며 우쭐하겠는가
당신의 머릿결을 꾸며주는 미용사를 보라
그이가 없이 미용실에서 당신이 빛날 수 있겠는가
영화제에서 한번쯤은 여우주연상보다 더 늦게
여우조연상을 시상하는 파란이 일어날 순 없는가

사랑하는 생명들에게
나는 그들을 꾸미는 관형어가 되고 싶다
그들의 신비롭고 찬란한 삶에 벗이 되고 싶다.

초등학교 운동장을 걸으며

운동장 가로질러 하교하는 아이들

좋은 친구와
좋은 말을 나누며
좋은 햇살 아래
좋은 미소 가득히
함께 걷는 아이들의 길

행복은 그렇게 걸음마다 쌓이는데

불행을 어깨에 걸치고 홀로 걷는 이에게는
'다시 배우라'며 초등학교가 속삭인다.

교실에서

학생들에게 나는 말했다

누군가가 지도를 펼치고 동그라미를 그리고 나서
"여기가 네 목적지야"라고 말하면
그것을 당장 구겨 쓰레기통에 처박아버리라고

그리고 나는 또 말했다

앉아있지 말고 일어서서 걸으라고
걷다보면 지도가 만들어지고
동그라미로 그려야 할 목적지를 발견할 것이라고

그리고 마지막으로 말했다

내가 방금 한 말들도 공 차듯이
사정없이 멀리 차버리라고.

불금의 위로

금요일 저녁
옛날통닭과 매운 닭발을 주문하고서
먼저 나온 생맥주를 시원하게 들이킨다
이거지 이 맛이지 이 느낌이지
오늘 하루도 수고한 나님께
축복의 생명수를 들이붓는다

나왔다네 닭발
불맛이 맵게 들어오며 쫀득쫀득 이어질 때
살과 뼈를 분리하는 것은 국가적 약속이리니
너님의 콜라잔과 나님의 맥주잔도 춤추는도다

이번 주도 고생많았다며 다독다독 오신 통닭
바스락거리며 육즙 터지신 후 쫄깃쫄깃 스며들 때
뜯고 맛보고 즐기는 것은 범국민적 행동이리니
쫄지마라 인생이여 나님의 시간들 영원하도다

길게든 짧게든
살아 온 나님의 시간들은
악보 속 음표처럼 헛된 순간 없었으니

오!
지금부터 달려보자
하루는 그냥 흐르지 않는다.

불행할 자격

지난날이
슬프기도 하고
쓰라리기도 하고
후회로 밀려오기도 하고

고통에 시름시름 아팠던 날도
쓸쓸해서 외로웠던 날도
불안으로 지낸 날도

모두 어제의 것

어제의 고통을
오늘로 끌어오고
내일로 연결할 자격

그런 자격은
누구에게도 존재하지 않는다

이 세상에 태어나
그 누구도
불행할 자격은 없다.

나는 내가 아름다운 존재임을 안다

불안장애를 앓고 있어도
가끔씩 우울증에 시달려도
술담배를 하고 있어도
사랑의 깊이와 넓이가 부족해도
실수를 되풀이하는 어리석음을 안고 있어도

나는 내가 아름다운 존재임을 안다

달에도 흉터가 있고
꽃에도 상처가 있고
나무에도 부러진 가지가 있고
엄마들의 영혼에도 후회의 어둠이 있다

어둠은 없고 빛만 존재한다면
그 행성은 내가 사는 곳이 아니다
이곳에서는 모든 존재가
빛과 어둠의 두 세계를 동시에 살아간다

불완전함을 받아들이고
그런 자신을 넉넉히 수용하는 사람

전 생애를 행복으로만 채울 수 없음을
고통과 눈물 통해 배워나가는 사람

자신 안의 고요한 평화가
폭풍우 속에 피어나는 것임을 아는 사람

나는 문제 투성이지만
피었다 오므리기를 거듭하는 꽃처럼
아름다운 사람이다

당신이 그러하듯이.

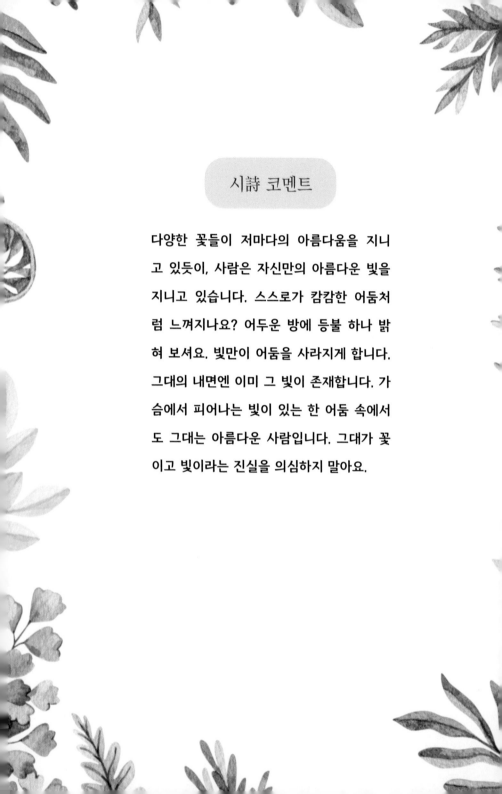

시詩 코멘트

다양한 꽃들이 저마다의 아름다움을 지니고 있듯이, 사람은 자신만의 아름다운 빛을 지니고 있습니다. 스스로가 캄캄한 어둠처럼 느껴지나요? 어두운 방에 등불 하나 밝혀 보셔요. 빛만이 어둠을 사라지게 합니다. 그대의 내면엔 이미 그 빛이 존재합니다. 가슴에서 피어나는 빛이 있는 한 어둠 속에서도 그대는 아름다운 사람입니다. 그대가 꽃이고 빛이라는 진실을 의심하지 말아요.

친절의 대상

누군가 말했다
타인에게 친절하고
자신에게 엄격하라고
그래야 참된 사람이라고.

아니었다

엄격했기에
공황장애로 죽을 듯한
시련과 살고 있다면

엄격함이
더위에 지친 자신에게
폭염을 선물하는
어리석음이라면

그러지 말았어야 했다

타인에게 친절하되
누구보다도 먼저
자신에게 친절한 사람

채찍 대신
바람의 선선한 손길로
스스로를
어루만지는 사람

그때 비로소
"참된 사람"이 되는 것이었다.

태어나길 잘했어

저어기, 그가
절뚝이며 걸어온다

절뚝절뚝
살아 온 세월들이
가을 백일홍 사이로
걸어온다

얼마 전
그는 말했다

태어났으니 사는거지
배 고프면 먹고 피곤하면 자는거지
즐거우면 웃고 힘들면 울다가
때 되면 가는거지

백일홍을 뒤로 하고
그렇게 걸어오던 그가

마중 가는 나를 보며
두 팔을 벌린다

그가 웃고 있다

나는 마주가던 걸음 대신
뜀박질로 그 앞에 도착하여
눈빛으로 안부를 묻는다

좋은 일 있는가?

"사랑하는 여자가 생겼어
태어나길 잘했어! "

그에게 십여 년만에
사랑이 찾아왔다

호탕하게 웃으며
그가 다시 외친다

"태어나길 잘했어!
야~정말 좋다!"

이 세상에 그대 홀로 살아있다면

이 세상에 그대 홀로 살아있다면
살고 싶은 집들 돌아다니며 실컷 지내보고
방방곡곡 가고 싶은 곳들 여행도 떠나보고
아무 곳에나 들러 갖고 싶은 것들 다 가져보고
식재로도 풍성할테니 마음껏 먹어도 될 것이다

그러나 그대는
농부가 아니거나
수 많은 노동자가 아니기에
얼마지나지 않아
어두운 집과 부숴진 길, 그 폐허의 한 복판에서
과자나 통조림에 지쳐 꺼이꺼이 울고 말 것이다

사람과의 연결과 어울림이 없다면
그대는 죽은 목숨이다
손 내밀어 위로해 줄 이 하나 없는
같이 울어줄 사람 하나 없는
그 어떤 사랑도 없는.

그대는 충분히 멋진 사람

무너지고 또 무너져도
그대는 죽지 않았다
비록 숨이 가슴에서 헐떡이더라도
그대는 여전히 숨 쉬고 있다

고통과 좌절과 두려움의 시간
그대가 걸어 온 길을 보라
그대의 발자국이 멈춰있었던 게 아니다
비록 어지러운 비틀거림에
가다 가다 주저앉고 쓰러졌어도
그대는 여기까지 분명히 와 있다
헐떡임 그대로

누가 감히 그대를 가르칠 수 있겠는가

살고자 절박했던 그대
온 몸으로 어둠의 끝에 다다른 그대
생, 그 불빛 하나로 절망의 벽을 기어 오른 그대

아직 동 트는 새벽이 아니라 하더라도
그것이 눈물바람에 가로 막혀 있다 하여도
나는 안다, 그대 생의 빛나는 의지를
그대의 헐떡임을
그대의 발걸음을
그대가 걸어 온 그 길을
그리고
신께서도 아실 것이다,
바로 그것들로 인해

그대가 이미 충분히 멋진 사람임을.

다시 일어선 그대에게

삶이 끔찍한 때가 있었는가?
그대, 그 때를 어떻게 넘어왔는가?
누군가 그대에게 손을 내밀었는가?
갑자기 어느 날 새로운 문이 열렸는가?
기나긴 잠의 끝에 눈 떠보니 해가 솟아있던가?

술에 취해 별빛이 눈물처럼 보일 때가 있었는가?
비 맞으며 땅 속으로 꺼져 들어가고 싶었는가?
소슬바람에 산산히 분해되려고 했었는가?
그대의 묘비명을 써 보았는가?

희망을 말하는 자가 잔혹해 보인 적이 있었는가?
조언을 건네는 이가 가소로웠는가?
친구에게 마지막 편지를 썼는가?

그대는 위대하다
쓰러졌기에 온전히 일어선 그대
고통을 만나되 늘 그 고통의 치유자인 그대

무엇이 그대를 다시 일어서게 하였나?
그대를 살아 숨 쉬게 한 것은 무엇이었는가?
그대는 절망의 끝에서 왜 다시 삶을 선택했는가?

이제는 누군가에게
살아가는 이유를 말할 수 있겠는가?

그 누구와도 다른 나만의 삶이 여기 있노라고
고요히 대지위에 속삭일 수 있는가?

그대는 위대하다
삶의 질문에 자신만의 답을 할 수 있는 그대
고통의 혈관 속에 행복의 피를 안고 사는 그대

그대와 걷고 싶다.

지금은 하늘을 바라볼 때

걱정하지마
니가 불안해하는 미래는 오지 않아
설령 아주 작은 확률로 그것이 온다고 하더라도
그때는 또 어찌어찌 해결이 돼
살다보니까 늘 그렇더라구
그러니 이 밤에 두려움을 친구 삼지 마
지금은 시선을 들어 하늘을 바라봐
오랜만에 별들이 떠 있잖아
니 별이 어느 녀석일지 찾아보기도 하고
반짝이는 녀석들 헤아려도 봐
산다는게 그렇더라구
언제나 소중한 건 지금이었어
지금 바로 이 순간 말이야.

시詩 코멘트

요즈음 미래에 대해 막연한 불안함을 느끼
고 있진 않나요?
에픽테투스는 이렇게 말했습니다. "행복해
질 수 있는 단 한가지 길은 우리 힘으로 해결
할 수 없는 대해서는 아예 걱정을 하지 않는
것이다."라고 말이지요. 걱정하지 말아요.

한강의 물결은 쓸쓸하다

고시원에서 원룸까지 열한 번을 이사하는 동안
그녀에게 남은 것은 무엇이었을까

화려하게 넘쳐나는 한강의 불빛들 속에
그녀의 것은 어느 하나도 없을때
좀처럼 펴지지 않는 주름살처럼
한강의 물결은 쓸쓸하다

무엇 하나 제대로 쥐어본 적 없고
무엇 하나 온전히 이룰 수 없었던,
내일이면 새로운 알바 자리를 알아봐야 하는
서른 한 살 청춘에게는.

일기(日記)에 대하여

현미경으로 들여다보면
수녀님의 몸에 달라붙은 때도 다 보인다
그래서 우리네 삶에서는
현미경이 버려져야 한다
수녀님에게서 보아야 할 것은
때가 아니라 맑은 웃음이기 때문이다

그대의 일기에
오늘 하루의 다채로운 빛깔이 담기기를
그대의 기쁨과 고통, 그대의
슬픔과 행복이 깃들기를
다만, 그대의 때를 피나게 벗겨
일기장을 더럽히지 않기를
그대가 이 세상에 온 것은
그대를 질책하고 비난하고
헐뜯기 위한 것이 아니라
흐르는 강물 보며 미소 짓기 위한 것임을
잊지 않기를.

컵라면과 초코파이

봄꽃이 사라진 계절의 끝 무렵
3교시가 끝났을 때 녀석이 왔다
출석부에 무단결석 수십 일을 생존처럼 남기고
담임을 집으로 PC방으로 헤매게 한
경찰도 찾아다니던 마술사 지망생 아이,
눈에는 노곤한 핏발이 서 있었다

입안에 빗발치는 질문을 꺼내려다
문득인 듯 "아침밥은 먹었냐?"고 물었다
핏발이 초점없이 탁자 위로 굴렀다
컵라면에 온수를 얹어 젓가락을 건네고선
냉장고에 남아있던 초코파이 두 개를 놓았다
"아침은 챙기고 다녀라. 편히 묵어"

맘 편히 먹으라고 10여 분 자리를 비웠는데
빈 라면 용기만 덩그러니
젓가락과 초코파이 봉지를 쓰레기통에 남긴 채로
녀석은 사라지고 없었다

찰나 같은 녀석과의 인연은 끝났고
콜라와 햄버거세트가 시대의 대세가 되었고
돈과 외모가 아이들의 이데올로기로 자리잡았고

짜장면 곱빼기에 고량주를 섞어마시며
나는 이별의 방식을 다시 생각한다
그때, 아이가 사라져버렸던 그 순간에
녀석의 큰 덩치엔 기별도 가지 못했을
그 조그만 컵라면과 초코파이 대신
"곧 점심때인데 짜장면곱빼기나 묵으러 가자"고
"탕수육도 같이 묵자"고
손목 꽉 잡아채서 교문 밖으로 나가는 상상을.

상속

부모가 가난해서
물려받은 것이 없다고
함부로 말하지 말라

네가 받은 사랑은
누구에게서 비롯되었더냐
부모가 가난하다고
사랑마저 가난했겠느냐

네 입에 밥풀을 떠먹이고
네 똥기저귀를 갈아치우며
고단한 삶 감사히 살았을
부모의 일생을 모욕하지 말라

네 안에 사랑이란 게
한 푼이라도 남아있다면.

시詩 코멘트

돈은 매우 가치 있고 소중합니다. 다만, 돈이 인간의 가치를 증명하지는 않지요.

돈의 가장 큰 단점은 욕망을 넘어 탐욕을 부른다는 데 있습니다. 그때부터 인간은 파괴되고, 타인에게 고통을 줍니다.

탐욕을 위해 타인을 희생시키는 돈의 숭배자들, 그들이 득시글거리는 대한민국에 우리는 살고 있습니다. 그대도 그 길에 합류하실 건가요?

개가 더 이상 달릴 수 없을 때

국사봉을 내달리던 그의 개는 더 이상 달릴 수 없었다
네 다리 중 한개의 다리만으로 겨우 서너걸음을 기어다닐 뿐이
었다
그의 눈 먼 개가 그를 바라볼 때 마다 그의 눈은 눈물로 뿌옇
게 멀어졌다
개가 거친 숨을 쉴 때 그의 호흡은 격렬히 흐트러지곤 했다

그의 배꼽 위에서 잠들던 강아지가 마을에서 제일 늠름한 개
가 되었을 때 그것은 구원이었다
십오년을 같이 산 그의 개는 꽃이었고 새벽이슬이었다 노을이
었고 바람이었고 가득한 별이었다

"꽃이 진다고 마음에 조화를 심으면 어떡해요
꽃들은 바람 따라 대지를 타고 생명으로 거듭날텐데...구원이
가 힘들어 하잖아요..."
그의 누이는 개를 조화로 타락시키지 말고 그만 보내주라고 했
다

"받아들여야지 집착임을 깨달아야지 그만 내려 놓으시게"
국사봉 암자의 스님은 가는 생명 억지로 붙잡지 말라고 했다

좀처럼 파란 하늘을 볼 수 없는 흐린 날들이 계속되고 그의 개
는 이제 남은 한 다리마저 움직이지 못한다
그의 개가 멀어버린 두 눈으로 그를 가엾이 바라보며 가쁜 숨
사이로 묻고 있다
그는 개의 질문에 여전히 답을 할 수가 없다

때로 생은 그렇게 처연한 문답 사이에 존재한다

아...
개가 더 이상 달릴 수 없을 때.

봄의 '어떤' 의미

벚꽃나무 아래
벤치에 앉아
그윽히 미소 짓는
바로 '너'
그리고 네 옆에 앉은
바로 '나'

바람에 꽃비가 날린다.

세상에 공짜는 없다

빗물을 공짜로 받아먹었으니 꽃들은 피어야 하고
별빛을 공짜로 바라보았으니 삶은 빛나야 한다
생명을 공짜로 취했으니 짐승들은 굶어야 하고
땀을 공짜로 마셨으니 악당들은 피 흘려야 한다

그대가 누군가를 사랑하고 있다는 것은
다른 이에게서 공짜로 사랑을 받았다는 증거이며,
그대가 이 밤 탐욕에 목말라 뒤척이는 것은
누군가의 밥상을 뺏어 공짜로 먹었기 때문이다

선한 이들은
자신들이 공짜로 준 미소를
행복으로 되돌려 받을 것이로되,
악한 자들은
자신들이 공짜로 취한 약자의 피땀으로 인해
내장이 갈기갈기 뜯겨나가는 지옥을 만날 것이다.

세상에 공짜는 없다.

홀로 식탁에 앉은 사람

식당에서 홀로 밥 먹는 사람을 보았는가
오해하지마라
그는 고립된 사람이 아니다
그는 단지 편안하고픈 사람이다
음식을 통해 위로를 얻고자 하는 사람이다

싫은 사람과 함께 먹는 음식은 작은 지옥이기에
좋은 사람과도 매 순간을 함께 할 순 없기에
홀로 있는 그 시간들이 더 없이 잔잔하기에
밥은 지치고 외로운 이에게 다가오는 선물이기에

이어폰에서 흐르는 선율을 들으며
차려진 음식을 미소로 훑어내린 후
온전히 그 맛을 씹는 사람의 가슴에서는
한숨과 탄성이 뒤섞인 "아~!"가 흘러나오고

음식이 건네주는 위로를 받아먹으며
순간, 편안함에 두 눈 지긋이 감은 그는
홀로 식탁에 앉은 한 송이 꽃이다.

낙엽비

벤치의 가장자리, 가을의 끝에 앉아
축복처럼 낙엽비를 맞습니다

마침내 고향을 떠나온 낙엽들은
대지의 너른 품에서 넉넉히 거듭나겠지요

당신, 잘 지내고 계신가요?

지난 봄, 당신이 때 이른 낙엽비처럼
속절없이 제 곁을 떠나갔을 때
마지막 인사를 하지 못한 아픔에
저는 얼마나 베이고 떨었던지요

저의 존엄을 지켜주기 위해
기꺼이 타인에게 자존심을 꿇었던
당신의 그 무릎 위로,
장엄하게 타오르던 노을을
저는 한시도 잊지 않았습니다

고향 떠나 거듭나는 낙엽비처럼
죽음을 넘어선 그 어디에선가
당신이 또다시 살아 올라
제게 오시기를
저는 기다리고 있습니다

우리의 생명이
한 세상만으로 끝나는 것이라면
그것만큼 부질없는 것은
없을테니까요

비는 멈추고
낙엽은 바람의 춤사위에 마음껏 휘날립니다
그렇게, 거기
절대 자유가 존재하는 곳에서

당신과 만나고 싶습니다.

중형 자동차

욕망의 눈으로 보면
중형 자동차는 언제나 애매하다.
소형이나 준중형 보다는 폼 나는데
대형이나 외제차에 비하면 폼 상한다.

도로에 선 중형 자동차는
상대적 열등감과 상대적 우월감으로
끝없이 역주행 한다.

그래서
제대로 길을 가고자 하는 사람은
자동차의 이름 대신
그저 차를 탄다.

어느 중딩의 특별한 날

아침, 엄마의 계란말이가 어제보다 맛있던 날

등굣길, 비 개인 하늘이 유달리 파랗던 날

교정에 가득 핀 봄꽃들을 보며 가을의 은목서
향기까지 미리 맡아본 날

아침 자습시간, 학원 숙제를 미루고 고요히 멍 때리던 날

전학을 가지 않게 되었다며 즐거워하는 절친에게 미소 날리던
날

급식 메뉴에 돼지갈비찜과 파스타가 보이던 날

휴대폰 사용 시간, 친구의 바뀐 카톡 프사에 그와 함께 찍은 사
진이 신나게 웃고 있던 날

쉬는 시간, 수업 내용을 가득 채운 공책을 보며 "내 수고는 헛

되지 않았다." 뿌듯했던 날

국어수업 시간, 쌤이 막춤을 추다가 넘어진,
우리를 웃겨보려고 일부러 자빠지던 날

과학수업 시간, 졸린 눈에 힘을 부릅 주었었는데 어느새 잠들
었던가. 귓가에 희미하게 들려오던 쌤의 말 "많이 피곤한거야.
그럴땐 좀 자야지. 5분만 자게 놔두자. 너희들도 5분간 쉬거
라." 고요히 찰싹이는 파도의 평화를 느끼며 더 깊이 엎드려 잠
들었던 날

종례시간, 담임쌤의 단 한마디, "가자!"에 환호성을 휘날리던
날

하굣길, 친구들과 기말고사 마지막 날의 일탈을 작전하듯 모의
하던 날

운동장에서 뛰어노는 그 애를 쿵쿵 바라보던 날

집에 가 소파에 누워 초콜릿 먹으며 달달하던 날

학원갔다 오는 길, 가로등 불빛 아래 잠시 머물며

산책하는 댕댕이와 그 주인을 부럽게 바라보던 날

늦게 퇴근한 아빠와 새로 나온 치킨을 먹으며
프로야구를 보던, 아빠의 허락으로 맥주 한 잔을
촤악 촥 마시며 으샤으샤하던 날

잠시 하루를 회상하고 오늘 하루 좋았던 일 한 가지를 쓰던 날

최애 이불을 덮고 보송보송 눕던 날.

시詩 코멘트

학생들에게 "오늘을 특별한 날로 기억할
줄 아는 사람이 행복합니다."라고 말했습니
다. 아이들은 "늘 똑같은, 그저 그런 날들"이
라고 했지요. 그래서 "일상에도 특별한 순간
이 있습니다. 그 순간을 발견하는 것이 보물
을 얻는 것입니다."라고 했어요.
사람에게 하루는 똑같이 주어지지만, 하루
를 빛나게 만드는 것은 '발견'이겠지요.
그대가 오늘, 교정 한 귀퉁이에 피어 있는
목련의 아름다움을 발견한 것처럼.

부자는 언제나 가난하다

50평 아파트에서 사는 그가 불행한 까닭은
오천 평 대저택에 살지 못하는 가난 때문이지
2억짜리 세단을 타고 다니는 그녀는
7억짜리 세단이 없어 늘 불행하지
수천억을 가진 회장님은 너무나 가난하여
회삿돈을 몰래 훔치다가 감옥에 가기도 하지

아...지긋지긋한 그들의 가난
아무리 재산을 불려보아도 벗어날 수 없는
불행의 반복

나는 그들에게 사랑스러운 조언을 해주지
물 먹는 하마처럼 계좌잔고를 쭈우쭉 늘려가도
당신의 가난은 벗어날 수 없는 운명의 쇠사슬이야
당신이 부자가 될 유일한 길은 신이 되는 거야
신이 되는 불가능에 도전해봐

오, 그대여
미션 임파서블!

구름이 가는 길

구름은 제 형태를 고집하지 않는다
때론 느리게 때론 빠르게
수 백, 수 천의 모양으로
자유롭게 흩날리다가
사라져 하늘이 된다

구름은 목적지를 정해 나아가지 않는다
때론 고요히 때론 수다스럽게
그저 바람과 함께 놀며
자유롭게 거닐다가
사라져 마침내 푸른 하늘이 된다

삶은
등 떠밀린 목적지로 끌려다니지 않는 것
정해진 형태의 굴레를 벗어던지는 것

산다는 건
자신만의 길을 따라
구름처럼 자유로이 흘러가는 것.

사랑초에게

 그래, 아이야.
내리는 빗줄기가 지금 더 굵어지듯이
네 아픔도 지금 더 커지고 있구나.

하지만, 아이야.
오늘 네가 소박한 생일 케이크를 건넸을 때
네 짝꿍의 얼굴에 피어오르던 미소를 기억하렴.
그 미소 따라 함께 날아오르던
너의 하늘빛 미소를 간직하렴.

오늘 하루
자신이 서 있는 공간에서
단 한 사람에게라도
미소를 선물할 줄 안 이는
비구름에 가려 있어도
사실은 언제나 타오르는 태양처럼
이미 사랑스럽고 자랑스러운 존재이니.

아이야.
비를 스치며 바람이 부는구나.
아픔과 미소가 함께 뛰노는
삶이라는 바람이.

사랑이 무어냐고 물으신다면

사랑을 어떻게 설명합니까
그것은 논리도 학문도 아닌 것을요

살아오면서
나는 사랑을 받아왔습니다
나는 사랑을 해왔습니다

나는 오늘도 사랑받았고
나는 오늘도 사랑하고 있습니다
내일도 그러할 것입니다

내 안에는 사랑이 있습니다

사랑에 대해 내가 아는 것은
이것이 전부입니다.

들꽃

꽃들은 다른 꽃들을 부러워하지 않는다
장미를 닮으려고 가시를 돋우지 않는다
그저
노을 지나간 들녘에
제 모습으로 온전히 서서
바람과 더불어 은은히 춤추다가
달빛 머금고 고요히 미소 지을 뿐

바로
'너'라는
꽃.

시詩 코멘트

비교는 성장을 위한 단비가 되기도 하지만, 요즘 같은 절망의 시대엔 가뭄과 홍수 같은 고통이 됩니다. 자신을 타인과 비교하며 불행했거나 행복했나요? 그 불행과 행복은 허상에 불과합니다.

"너" 자신이 되시기를 바랍니다. 그래야만 지긋지긋한 이 뫼비우스의 띠에서 벗어나 삶의 진정한 '주체'로서 살 수 있을 것입니다.

바람이 부르는 노래

손 맞잡고 산책하는 노부부의 흰머릿결에
그들과 더불어 가는 반려견의 숨결에

늦가을 남은 잎새를 털어내는 나무의 떨림에
벤취에 내려앉아 잠시 쉬어가는 낙엽의 영혼에

서녘 하늘 가득 물들이는 노을의 품에
품의 가장자리에 안긴 나그네의 눈망울에

바람이 분다

소리 한 점 없이
생의 의미를 노래한다.

파도타기

서른 살 여고 동창들의 파도타기
중앙에 앉은 담임쌤의 원샷에 이어
남편도 자신도 삼성전자 사무직이 들이키면
6급공무원으로 이어지고
회계사의 시원한 목넘김을 거쳐
간호사가 박력있게 소맥을 털어넣는다
파도가 테이블의 우측으로 돌아가면
카페 알바가 조신하게 물결을 타내려가고
임용고시생으로 이어진 후
공시생이 파도의 마지막을 질근질근 씹어삼킨다
완성의 환호성과 박수에 이어
쾌활한 수다와 과장된 몸짓이 술기운에 뒤엉킨다

담임쌤은 연거푸 술잔을 비우며
그 시절 급훈이었던 "서로 다르게, 그러나 함께"를
떠올리곤 쓴웃음을 지으며 속으로 중얼거린다
'아...내년 반창회엔 누가 또 못나오게 될까'

청춘의 시대, 휘청거리는 반창회 파도타기.

찬란한 사치

커튼 사이로 겨울 오후의 햇살 받으며 잔잔한 피아노 연주를
듣는 일
리크라이너에 몸을 깊숙히 기대고 류시화의 시를 음미하는 일
수업 도중에 내리는 빗줄기를 바라보며 미소로 호흡하는 일
천천히 공원을 걷다가 가면을 집어던지고 상처입은 나무와 포
옹하는 일
벤치에 앉아 모자를 내려놓고 눈을 지긋이 감는, 그때 햇빛의
색깔과 바람의 촉감과 새들의 합창이 어우러지는 찰나, 그 순
간에 속하는 일
길고양이에게 잠시의 일용할 양식을 주는 일
앵무새 초롱이의 몸짓을 따라 어미새가 되어보는 일
아내에게 붕어빵을 사주려고 현금지급기에서 종이돈 만원을
꺼내는 일, 식지 않게 붕어들을 이불 속에 재우는 일
밥을 먹다가 어니언스의 "긴 머리 소녀"를 곱게 불러보는 일
국제구호단체에 후원을 시작하는 일
싱그러운 노랫소리에 느닷없이 일어나 멋대로 춤추는 일
악당 검사를 응징하는 드라마를 보며 시원하게 맥주를 들이키
는 일

졸업식 날, 수고많았다며 학부모들에게 받은 꽃다발, 꺾인 꽃들을 물병에 옮겨 심고 아! 얼마 남지 않은 생명들의 향기를 어루만지며 축복하는 일
향초를 피우고 인디언 음악을 듣는 일
첫 발자국을 뒤로 찍으며 골목에 쌓인 눈들을 쓸어내리는 일
퇴근한 아내를 현관에서 안으며 등 다독이는 일
비의 속삭임을 알아듣기 위해 겨울 창문을 잠시 열고 침묵하는 일
연기학원에 등록할 것을 결심하는 일
노을을 보기 위해 버스의 종점에서 내리는 일
거울을 보며 괜시리 웃는 일
수육을 빚어내는 압력밥솥의 노동요를 듣는 일
어제와 다른 위치에서 빛나는 별들을 바라보는 일

주류 욕망으로부터 자유로울 때,
자유가 영혼의 음악이 될 때
삶은 사치로 찬란히 빛나고
나는 풍요의 거처에서 살게 된다.

쉼표로 머무는 시간

모차르트의 음표 따라
바이올린이 춤을 출 때
선율은 꽃으로 피어나고
연주자와 청중은 나비로 날아오른다
그러고 난 뒤

1악장과 2악장 사이, 거기
쉼이 고요히 숨을 쉰다
춤사위는 멈추고
나비는 내려앉는다

음표와 쉼표가 어우러져야
선율이 완성되듯
걸음과 멈춤이 서로를 껴안아야
삶이 이루어진다

다시 춤추기 위해
다시 날아오르기 위해
그대에게 생명처럼 귀한, 거기

쉼표로 머무는 시간.

시詩 코멘트

오늘 하루, 충분히 잘 쉬었나요?
'성실히', '열심히', '최선을 다해', '부지런하
게' 살아야만 한다는 시대의 강요 때문에 마
음 편히 쉬지도 못하진 않았나요? 그래도
지혜롭게 잘 쉬어주길 바라요. 쉼 없이, 연
주는 불가능하니까요.

당신이 그런 것처럼

아늑하다
평화롭다
향기롭다
아름답다
부드럽다
기쁘다
맛있다
멋지다
그립다
새롭다
빛나다
신비하다
고요하다
상쾌하다
시원하다
따스하다
달콤하다
밝다

맑다
곱다
좋다
잔잔하다
자유롭다
장엄하다
말끔하다
숭고하다
단아하다
그윽하다
행복하다
상큼하다
화려하다
조촐하다
투명하다
여유롭다
가치롭다
거룩하다
앙증맞다
신선하다
은은하다
지혜롭다

자상하다

당신이 그런 것처럼
살면서 내가 체험한 형용사들

그리고 당신이 그런 것처럼
살아가면서 행한, 여기엔
쓰지 않은 무궁무진한 동사들

또한 당신이 그런 것처럼
가슴에 새겨져 지워지지 않는 별만큼의 명사들

이것이 진실이므로
지금 당신과 내가 이 밤, 눈물에 젖어있을지라도
산다는 것은 참으로 경이로운 일 아닌가.

장인어른의 눈물

삼십년 전, 햇빛이 심하게 뜨겁던 날
목포의 화장터에서 그는 혼을 놓고 울고 있었다
오토바이 사고로 스무살에 죽어버린 아들이
연기로 피어오를 때, 그는 가끔씩 이죽이죽 웃으며 미치기도
했었다

그의 아버지는 육이오 시절 죽었다
인민군이 잠시 주인 행세를 한 마을에서는
부역자로 몰린 이들이 불법으로 처형 당했다
그는 죄없는 아버지의 복부에 총알이 박혀
간에서 피가 뿜어져나오는 것을 부들부들 떨며 지켜보아야만
했던 여덟살, 집안의 장남이었다
여덟살이 여든살로 바꼈지만
그는 그때를 떠올릴때마다 울분을 설움의 눈물로 쏟아내곤 했
다

서른에 남편과 사별하고 사남매를 키워낸 어머니를
그는 평생 모시고 살았다

그는 어머니의 장례식에서 맏상주로 바빴다
그래서 밤중에만 몰래 눈물을 훔쳐내곤 했다

이년 전, 그의 아내는 마을회관에서 잠을 자다 죽었다
사람들은 편히 갔다고 위로했으나, 그것은 그녀가 두번의 암
수술과 오랜 당뇨합병증과 신장 투석으로 고통의 시간들을 고
스란히 견뎌낸 포상같은 것이었다
그는 절망했다
그의 눈물샘은 마르지 않는 강물이었다
아버지와 어머니의 무덤 가에 있는 그녀의 비석을 쓰다듬다가
귀가하는 일이 그의 일과였다
아내가 보고싶을 때마다 그는 나의 아내에게 전화하여 서글프
게 울었다

오늘 오후, 나는 그의 절친이 잠든 장례식장에 그와 동행했다
달관한 듯한 그에게서 친구와의 추억 몇자락을 들으며
빈소에서 그가 향을 피울때까지 나는 모르고 있었다
그가 좁은 어깨를 격렬하게 들썩이며 통곡하리라는 것을
상실은 그토록 살아가는 내내 계속된다는 것을

삶은

상실하는 것

상실의 아픔을 고스란히 견뎌내는 것

견딤과 치유를 통해 부단히 성장하는 것

조문을 마치고 다시 달관한 표정으로

차에 오르시는 장인어른의 모습은

상실을 거쳐 단단해진

거인, 그 자체였다.

미혼모를 돌보는 은희에게

그대,
새끼새의 둥지 밖 비상을 위해
어미새의 상처를 먼저 보듬었네

그대에게 누군가의 손길이 필요했듯이
그 간절한 손길로.

시詩 코멘트

은희(가명)는 미혼모시설에서 일합니다.
대학생 시절, 은희는 남모를 커다란 정신적
고통을 겪었습니다. 지금은 치유하였지만
깊은 상처로 남아 있지요. 그래서인지 귀를
기울이면 은희의 가슴에선 소리 없는 대금
소리가 흘러나옵니다.
"상처 입은 치유자"라는 말이 있습니다. 은
희는 그렇게 미혼모를 치유하는 길 위에 단
단히 서 있지요. 아름다운 사람입니다.

캘리그라피 공방을 운영하는 제자에게 의뢰
하여 고운 글씨로 이 시를 새겼습니다.
액자에 담긴 시는 은희의 생일선물이 되었
습니다.

문철이 아빠

사람들 머리 위로 날마다 쏟아지면서 태양은
문철이 아빠에겐 가끔씩만 떠올라준다.
간을 씹다 허파를 씹다 염통을 씹다 쥐어뜯어낸 머리칼날로 도
야지 대글빡까지 썰어 씹다...가
기어코 막걸리 사발을 울음바다로 만든다.
날제비가 마누라 물어간 뒤 어쩌다 찾아오는 일거리에 기대면
서 키워 낸 문철이, 차바퀴에 뭉개진 개 마냥 잘근잘근 죽어버
리고 싶었어도 뜯어지지 않는 꼬리처럼 달라붙은 문철이, 우
리 반 꼴등 문철이.

선생님, 공부도 못하고 비리비리한 새끼, 커봤자 나처럼 실업
자에 빚덩이로 살겠지요. 껌딱지 마냥 밟히며 살겠지요. 생긴
것도 지랄이라 결혼하기도 퍽퍽하겠지요.

문철이가 아프다고 조퇴하고 오락실서 놀았다. 보건실 간다고
거짓말하고 화장실서 담배 피웠다. 과학책에 선생님 향한 욕
을 갈겨 놓았다. 교사 화장실에 몰래 가 똥을 쌌다. 수업시간
에 카드놀이를 했다. 공원에서 친구들과 소주 마시고 파출소

에 끌려갔다. 체육복 없어서 교복 입고 체육 한다.

그런데 그게 대순가? 대수롭지 않기에 말할 까닭도 없다.

문철이 아빠, 이쁜 처녀 여선생이 문철이가 좋대요. 배시시 웃는 게 귀엽대요. 우리 반 장애 여학생 보디가드가 누군지 알아요? 패싸움 쪽수 맞춰달라는 친구 부탁으로 쌈판에서 흠씬 맞고 온 의리 있는 녀석이 누구게요? 뙤약볕으로 튀어나온 지렁이를 손 모아 흙밭에 살게 한 고운 녀석이 누구게요? 교무실서 상장 종이 훔쳐내 꼴찌들에게 우등상을 써 준 이 멋진 녀석이 누구게요?

문철이 아빠, 새끼가 공부는 못하지만 비리비리하지는 않아요. 하늘이 마련해 준 저만의 공간에 뿌리내리고 살거에요. 화려하지 않더라도 꽃 피우며 잘 살거에요. 빚덩이 없이, 소박한 일터에서 땀 흘리며, 웃으며 살거에요. 그리고

자기 때문에 살아온 아빠처럼, 꿋꿋하고 훌륭한 아빠가 될거에요.

태양은 당신을 부정하지만

나는 문철이, 당신의 태양을 인정합니다.

문철이 아빠가 감싸 쥔 막걸리 사발 속으로

미소가 얼큰하게 흐른다.

달빛도 인색하여 집으로 가는 그의 어깨쯤이나 비추지만
아빠들의 어깨는 그처럼 쓸쓸하고 씁쓸하지만
그래도 어깨 위에 올라탄 문철이가 있기에
어딘가 찢긴 채 퍼드득퍼드득 하여도
새끼라는
버릴 수 없는 희망의 깃발이 있기에
문철이 아빠는 뭉개진 개가 되지 않고,

살 것이다.

시詩 코멘트

문철이는 고3 시절, 9급 공무원 시험에 합격했습니다. 공무원인 배우자와 다섯 살 된 딸을 두고 있지요.

문철이 아빠는 인쇄업체에서 일하고 있습니다. 몇 년 전, 환갑을 맞아 좋아하던 막걸리를 끊었습니다. 그의 카톡 프사는 문철이, 며느리, 손녀 그리고 그가 함께 웃고 있는 가족사진입니다.

엄마의 유언

누군가의 연주를 듣고 울어본 적 있는가

중3 아이는 피아노 건반을 두드리고 있었다
학교 축제 무대였다

길지 않은 삶, 고통 속에서 죽어간 여인
그녀는 죽기 전, 딸에게 유언을 남겼다
"죽을 때까지 행복하게 살아라."

아이는 죽고 싶어 했다
아이에게 행복은 닿지 않을 허상이었다
보육원에서도 아이는 쓸쓸해 할 뿐이었다
너른 땅에 뿌리내릴 공간 하나 없이
시들어 죽어가고 있었다

아이는 하염없이 울었다
"선생님. 보고 싶은 사람을 언제나 볼 수 있는 것. 그것이 행복
이란걸 아세요?..."

퇴근 후 마시는 술병에 아이의 얼굴이 일렁였다
술잔에 아이의 눈물이 떨어진 듯
멈추지 않는 파문으로 번져나갔다

반장이 메시지를 보내왔다
축제 합창곡으로 "너에게 난 나에게 넌"을 선택했다고 했다 그
리고
아이가 반주를 맡기로 했다고
녀석은 웃는 이모티콘을 덧붙였다

저수지에서 민물고기가 튀어오르듯
술잔에서 무언가가 그렇게 출렁였다

축제 준비 한달 동안
아이의 얼굴에서 어쩌다가 미소가 보이기도 했다

축제 공연의 일곱번째 꼭지로 우리반은 마침내 합창을 하였다
녀석들의 노래는 '자전거 탄 풍경'처럼 예뻤고
건반 위 아이의 손가락은 파도처럼 춤췄다
아이의 어깨에 햇살같은 조명이 비추었다

녀석들은 교실에서 종례를 기다리고 있었다

나는 수고한 녀석들에게 줄 '설레임'을 냉장고에서 꺼내고 있었
다
그때, 아이가 다가왔다
아이는 내게 손편지를 쥐어주고 나 대신 '설레임'을 챙겨 들고
갔다

손편지는 그림같았다
"엄마는 내 가슴에 있어서 보고플 때 언제라도 꺼내볼 수 있어
요. 이제 괜찮아요."

오늘 난 신부가 된 아이의 대기실에 갔다
함께 사진을 찍기 전 아이의 손을 잡고 말했다
"죽을 때까지 행복하게 살아라"
아이는 평화롭게 웃었다

신랑의 손을 잡고 아이는 단아하게 걸어갔다
웨딩마치를 연주하는 알바생의 손가락을 보았다

누군가의 연주를 듣고 울어본 적 있는가.

나는 사랑하며 살고 있을까

죽음을 바로 앞에 두고
살아온 시간을 돌아보며
자신의 삶을 갈무리할 때
그대는 스스로에게 어떤 질문을 던지게 될까

남들 하는 대로 유행 따라 잘 살아왔는가
높은 자리에 올라 사람들을 내리보며 잘 살았는가
계좌에 돈을 쌓아놓고 흥청망청 잘 살았는가
유명한 사람 되어 인기리에 잘 살아왔는가

영혼이 가장 정직하게 옷깃을 여미는
죽음 앞 바로 그때,
그대는 이렇게 하찮은 질문들을
과연 스스로에게 하고 싶을까

그대여
스스로를
서로를
사랑하며 살아가지 않으려가

욕망에 영혼을 팔아먹고
사랑을 잃어버린 짐승으로 사는 대신
그윽한 벤치에 앉아
쏟아지는 꽃비 맞으며
풋풋함으로 죽음 앞에 서지 않으려가

그대여
훗날 죽음이 우리의 두 눈을 바라보며
네 영혼이 세상에 남겨둔 것은 무엇이냐 물을 때
거기에 사랑을 남겼노라 대답하며
씨익
웃지 않으려가.

시詩 코멘트

죽음이 눈앞에 있다면, 당신은 지금까지 살아온 날들에 대해 어떤 평가를 내리시겠습니까? 자신의 소유라고 여겼던 모든 것들이 떠나가는 그 순간, 욕망에 갇혀 소유만을 추구한 채 살아왔다면 과연 평화로운 마음으로 죽음을 맞이할 수 있을까요? 어찌하면 미소 지으며 삶을 갈무리할 수 있을까요?
살면서 자주 던져야 할 중요한 질문이 있다면 그중에 하나가 이것 아닐까요?

그러니 너무 걱정하지 마

방황하는 청년에게 건네는 고민 치유 시집

발행일 | 2023년 5월 1일

지은이 | 박정근
펴낸이 | 마형민
기　획 | 윤재연
편　집 | 신건희
펴낸곳 | (주)페스트북
주　소 | 경기도 안양시 안양판교로 20
홈페이지 | festbook.co.kr

* (주)페스트북은 '작가중심주의'를 고수합니다. 누구나 인생의 새로운 챕터를 쓰
도록 돕습니다. Creative@festbook.co.kr로 자신만의 목소리를 보내주세요.